SANTA ANA
PUBLIC LIBRARY
NEW HOPE

D0116966

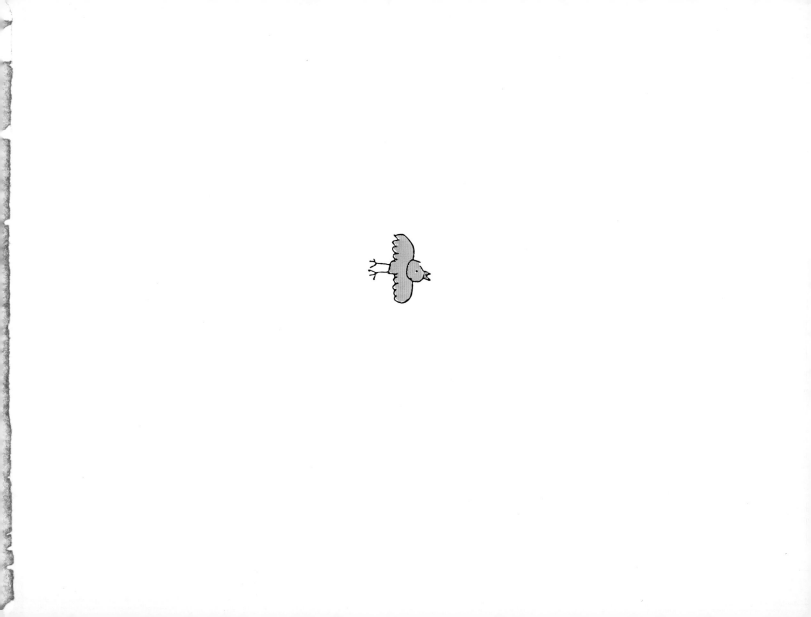

DENTRO

© Del texto y las ilustraciones:
Juanjo Sáez, 2001

© De esta edición:
Editorial Kókinos, 2001
C/ Sagasta, 30. 28004 Madrid
Tel. y fax: 91 593 4204
E-mail: kokinos@teleline.es

Diseño gráfico: Koniec

Fotomecánica y filmación: Lucam

Impresión: Herprymber

ISBN: 84-88342-28-4
Depósito Legal: M-49222-2000
Impreso en España / Printed in Spain

Esta obra ha sido publicada con la ayuda de la Dirección General
del Libro, Archivos y Bibliotecas del Ministerio de Educación y Cultura.

J SP PICT BK SAEZ, J.
Saez, Juanjo.
Dentro del sombrero /
MAR 0 7 2002   1595
31994011369730

DENTRO DEL SOMBRERO

Texto y Dibujos

JUANJO SÁEZ

Kókinos

- HABÍA UNA VEZ
UN NIÑO, QUE VIVÍA
EN UN SOMBRERO DE
UN MAGO MUY
IMPORTANTE CON
ASPECTO ELEGANTE.

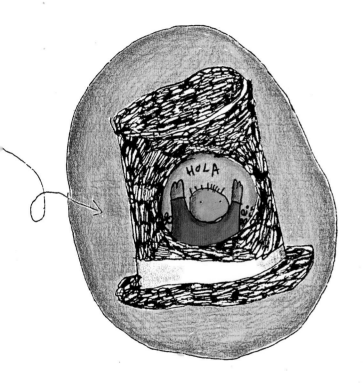

EL NIÑO SE LLAMABA
MIGUELITO Y ALLÍ
DENTRO ESTABA MUY
CALENTITO.

ALLÍ PASABA MUY
BUENOS RATOS,
LEYENDO Y DIBUJANDO,
PINTANDO Y COLOREANDO.

AQUÍ DENTRO

JUEGO MUCHO

AQUÍ DENTRO

ME METO EL
DEDO EN LA
NARIZ

AQUÍ DENTRO

DUERMO LA
SIESTA

AQUÍ DENTRO

ESTOY CALENTITO

AQUÍ DENTRO
NO LLUEVE

AQUÍ DENTRO

ME RÍO

DENTRO TENÍA MUCHAS COSAS CHULAS,

MIRA, MIRA ...

UN DÍA, EL MAGO

SE FUE A MERENDAR

AL CAMPO ...

... Y SE LLEVÓ

UN PEQUEÑO CHASCO.

Y ANTES DE MERENDAR

EL SOMBRERO EMPEZÓ

A VOLAR.

DE REPENTE MIGUELITO

NOTÓ UN MOVIMIENTO QUE NO LE PUSO

MUY CONTENTO.

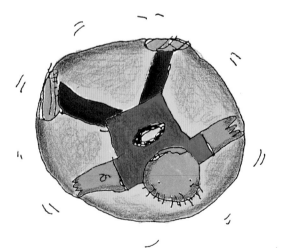

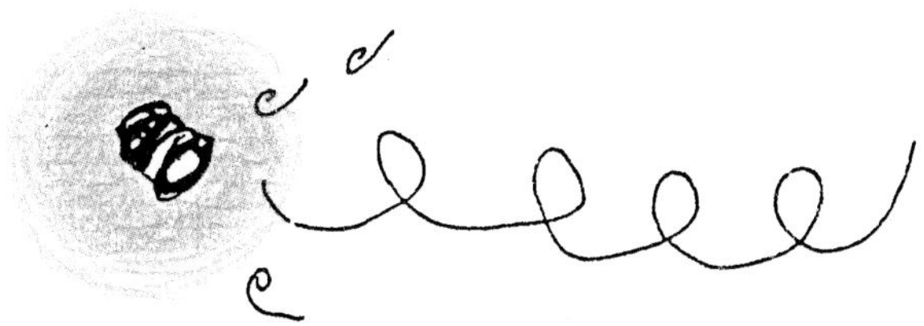

EL SOMBRERO VOLÓ, VOLÓ Y VOLÓ.

Y UN REMOLINO LO
COLGÓ DE UN PINO.

POR LA NOCHE

TUVO MUCHO

MIEDO

PERO EL VIENTO

VOLVIÓ A ATACAR

Y PRONTO LO HIZO

BAJAR.

POR VEZ PRIMERA

VIO UN PAJARITO.

PENSÓ QUE ERA UN

MONSTRUITO (QUÉ TONTO).

A CORRER, A CORRER, QUE ME QUIERE COMER.

POR EL CAMINO, CON

UNA VACA TOPÓ.

¡¡ MENUDO SUSTO SE DIO !!

MIRÓ DELANTE Y DETRÁS.

NO SABÍA HACIA

DONDE TIRAR.

← VACA  PAJARITO →

NO TENÍA ESCAPATORIA, QUERÍA VOLVER

A SU SOMBRERO Y COMO NO LO TENÍA

HIZO UN AGUJERO.

SE METIÓ DENTRO

Y ESTUVO UN BUEN

RATITO.

MIENTRAS, LE HABLABAN

LA VACA Y EL PAJARITO.

NO TENGAS

MIEDO, SOY UN

PAJARITO QUE VUELA POR

EL CIELO Y A NADA TIENE MIEDO.

NO TENGAS MIEDO,

SOY UNA VACA

Y CON MI LECHE

SE HACE NATA.

LA VACA LE EXPLICÓ MÁS COSAS:

LOS PRODUCTOS DE LA LECHE

NATA

YOGUR

QUESO

LA TRIPITA
HACE RUIDO

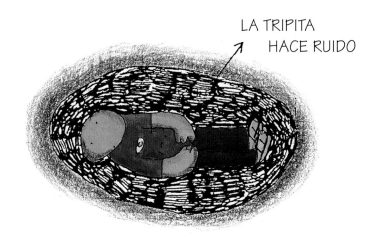

Y AL HABLAR DE TANTA

COMIDA LE ENTRÓ HAMBRE

CANINA (DE PERRO).

Y COMO TENÍA

MENOS MIEDO Y NO

PODÍA RESISTIR MÁS, SALIÓ

PARA VER QUÉ TAL.

Y FUERA, EL PAJARITO

LE CANTÓ UNA CANCIÓN

QUE LE LLEGÓ AL CORAZÓN.

LA VACA LE DIO LECHE

Y LOS TRES FUERON AMIGOS

PARA SIEMPRE.

Y, COLORÍN COLORADO,

ESTE CUENTO SE HA

ACABADO.

LAS COSAS QUE ME GUSTAN DEL MUNDO:

EL SOL

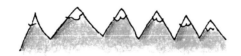

LAS MONTAÑAS

EL CHOCOLATE

Y EL TURRÓN

Y, COLORÍN COLORADO,

ESTE CUENTO SE HA

ACABADO.

LAS COSAS QUE ME GUSTAN DEL MUNDO:

EL SOL

LAS MONTAÑAS

EL CHOCOLATE

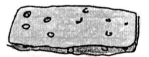

Y EL TURRÓN

TAMBIÉN LOS MACARRONES  CON TOMATE Y QUESO.